KB037338

고운 인연

소이(所以) 이영화 지음

고운 인연

제1판 1쇄 발행 / 2017년 3월 20일

지은이 / 이영화

펴낸이 / 소준선

펴낸곳 / 도서출판 세시

출판등록 / 3-553호

주 소 / 서울시 마포구 용강동 토정25길 9

전 화 / 715-0066

팩 스 / 715-0033

ISBN / 978-89-98853-30-3

값 // 10,000원

ISBN // 978-89-98853-30-3 03810

이제 두 사람은 비를 맞지 않으리라.
서로가 서로에게 지붕이 되어 줄 테니까.

고운 인연

소이(所以) 이영화 지음

세시

시집을 펴내며

맑은 마음과 영혼에서 우러나는 아름다운 노래가 시로 탄생된다면 솔직히 시인이라는 호칭은 제게 과분하고 잘 어울리지 않는데, 오래전부터 부처님 법을 익히고 십여 년 전부터는 영적 고향인 미얀마 쉐우민 센터에서 그리고 하동 신월정사에서 수행하며 쓴 습작들을 우연히 만난 남초 시인과의 인연으로 늦깎이 시인으로 등단하게 되었습니다.

또한 마라톤을 함께 즐기던 문단의 선배 두분과 여러분들의 격려 속에 처음이자 마지막일지 모르는 한권의 시집이 둘째 아들 혼사에 때맞춰 '고운 인연'으로 탄생했으니 저로서는 무척 뜻깊은 일입니다.

돌이켜보면 고희를 앞둔 나이에 세상사 만큼이나 많은 인연들이 있었으며 이승에 오기까지는 부모님과의 인연이 가장 소중하였으나 아버님을 이십대 말에 여위었고 어머님은 삼십대 후반에 돌아가셨으니 이미 하늘나라의 별이 되신 두 분과는 참으로 짧은 인연이었지요.

아버지는 일찍이 사업가였으나 풍운아적인 삶을 사신 반면에 어머님은 가계를 책임지셨고 자식교육에 남달리 애착을 가지셨기에 오늘날 이 모든 게 어머님 덕분이라 여겨져 그리움이 무척이나 사무칩니다.

그리고 제가 선택한 인연으로는 사십년 이상을 묵묵히 제자리에서 못난 중생을 지켜준 아내는 내 생애 최고의 선택이며 처부모님의 반듯하신 성품은 삶에서 무엇이 소중한가를 늘 일깨워주셨고 부모미생전 다겁생래 붓다와의 법인연도 부부가 함께 소중하게 키워왔습니다.

　큰아들 이동수 박사는 같은 의료계의 알뜰한 아내를 맞아 오손도손 살며 내게 천사 채원과 주원 두 손녀를 보는 기쁨을 안겨주었습니다. 그리고 둘째 이동성 박사는 과묵한 성격처럼 제 갈 길을 뚜벅뚜벅 걸으며 십여 년간 미국서 수학 후 지금은 영국에서 학자로서의 소양과 학문적 깊이를 더해가며 이제 고운 배필을 만나 둘째 며느리로 맞이하니 참으로 기쁩니다.

　한때는 시집을 엮는 것이 부질없는 짓이라 생각했던 적도 있었는데 둘째아들이 장가드는 차제에 여러 인연 분들께 작으나마 선물로 드리면 어떨까하는 소박한 마음에서 비롯되었으니 부디 좋은 뜻으로 받아주시기 바랍니다.

丁酉年 새해
墨安 山房에서
所以 李永和 合掌

桐　千年老　恒藏　曲香
梅　一生寒　不賣　本質
目　到千齡　餘本　又新枝
柳　經百別　又新　書偕

오동나무는 천년을 늙어가도 그 곡조를 항상 간직하고
매화는 일생을 추워도 그 향기를 팔지 아니하며
달은 천년을 이지러져도 그 바탕은 남아 있으며,
버드나무는 백번을 꺾여도 새가지가 돋아난다

조선 선조대
대학자이자 영상까지 올랐던
상촌 신흠의 詩를 생각하며 쓰다!

2017년 丁酉　立春之節
書偕　許範道

둘째의 결혼을 축하하는 애비의 심정을 아파치족
인디언의 결혼 축시로 대신하고자 합니다.

두 사람

이제 두 사람은 비를 맞지 않으리라.
서로가 서로에게 지붕이 되어 줄 테니까.

이제 두 사람은 춥지 않으리라.
서로가 서로에게 따뜻함이 될 테니까.

이제 두 사람은 더 이상 외롭지 않으리라.
서로가 서로에게 동행이 될 테니까.

이제 두 사람은 두 개의 몸이지만
두 사람의 앞에는 오직
하나의 인생만이 있으리라.

이제 그대들의 집으로 들어가라.
함께 있는 날들 속으로 들어가라.
이 대지 위에서 그대들은
오랫동안 행복하리라.

wedding

차례

1. 이른 봄비가 내리네

2. 히말라야

차례

4. 수행

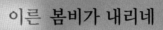

이른 봄비가 내리네

이른 봄비가 내리네

봄비가 내리네
설 안날 남녘땅 하동에
이른 봄비가 내리네

청매 홍매 마주보는 나뭇가지에
대롱대롱 맺힌 빗방울
매화 꽃눈을 틔우네

추위와 하얀 눈은 어디로 가고
이른 봄비가 내리나
까치밥 되려 겨우내 기다리던 모과 한 알
가을을 기약하며 툭 떨어지네

봄비가 내리네
섬진강가 노닐던 살얼음
봄물에게 사알짝 비켜주고
바다로 떠날 채비를 하네

이른 봄비에
겨우내 쌓인 먼지와 욕심을
빗물 따라 모두 흘려보내니
마음은 벌써
따스한 봄날을 맞은 듯하네

봄비가 내리네
설 안날 이른 봄비가
마음 안뜰에도 보슬보슬 내리네

모과

세찬 비바람
온몸으로 막아내고
작열하는 태양
온 맘에 오롯이 담아

늦가을 서리
듬뿍 머금어야
비로소 농익는 너

모양은 제멋대로
들쑥날쑥 생겨도
고운 향기만은
아무나 못 가지는
그대만의 것

파도

동해바다로 가서 고래를 찾아보았네
너울 따라 춤추는 고래는
집채만큼 큰 파도가 되어 다가왔네

동해바다로 가서 밤바다를 바라보았네
칠흑 같은 어둠 속에 일렁이는 파도는
하얀 거품 되어 밝은 모습으로 다가왔네

세찬 풍랑 마주하며 우뚝 솟은 바위를 보았네
꼼짝도 않던 바위는 밀려왔다 밀려가는 파도랑
오붓이 숨바꼭질을 즐기네

바위가 바다에게 물어보았네
언제까지 파도랑 애절하게 함께 살 것인지
바다는 아무런 대답도 없이
파도를 품속에 꼬옥 껴안으면
파도는 이리저리 몸을 뒤틀며 달아났다 돌아오고

만물이 스승이어라

신월정사 불상바위는
뭇 중생들 선업공덕 짓고 살라하고
법당 뒤편 높이 솟은 봉우리는
큰 자비로 살라 가르치네

바위 틈새 맑은 약수는
힘든 이들에게 감로수가 되라하고
섬진강으로 흐르는 계곡물은
낮은 곳으로 향하며 겸손하라 하네

도드라지게 반짝이는 새벽별은
즐거이 하루를 시작하라 손짓하고
이른 아침부터 지저귀는 새들은
부지런히 살라 가르치네

해그름 쑥국새 노랫소리는
가족을 평온하게 다독이라 가르치고
서산 너머 걸린 초승달은
詩 짓는 예쁜 마음으로 살라하네

이렇듯 삼라만상 모두가
스승 아닌 분이 없더라

달항아리

그대를 살포시 껴안고 눈 감으면
평온한 마음 그득하여
마냥 이대로 머물고 싶어라

여인의 속살처럼 티 없이 깨끗한
만삭의 아낙처럼 포근하고 넉넉한
엄마의 품처럼 따스한 달항아리

언제나 곁에서 보고 또 보아도
보름달처럼 환하게 비추이는
둥글고 하이얀 그대 모습

어디서 보아도 모나지 아니하고
어디를 보아도 맑고 청순하니
살아 숨 쉬는 듯 하여라

강가에서

섬진강
강가에서
모래알처럼
걸림 없이 살다가

바람 따라 강물 따라
저 먼 바다로 한없이 떠나
새 세상을 만나 볼까나

매미

개똥밭에 굴러도
이승이 좋다더냐

짧은 한생 살다가려
수천 번 전생을 준비했느냐

천지간 울음소리만 남겨놓고
여름 따라 떠나버린 친구처럼
왠지 아려오는 마음 한구석

오미자주

백두대간의 정기를 이어받은
다섯 가지 맛이 나는 붉은 오미자주

태백산 사계를 오롯이 품고 있는
막사발에 담긴 장밋빛 오미자주

한잔 가득 따라 마시면
목부터 가슴까지 이어지는 오묘한 향과 맛

마음을 붉게 물들이다
산방까지 적시며
고운 꿈길마저 향기로 그득하네

가을 단상

소슬바람 불어와
매미소리 그치면
어느새 찾아온 가을소식에
바위에 짓눌린 듯 무거운 마음이여

그믐달 아래 귀뚜라미 우는 밤
가득한 번뇌 깊은 회한이
초라한 화상에게
밀물처럼 밀려오네

덧없이 흐르는 세월에
낙엽처럼 갈 곳 몰라 떠도는
중음신 같은 가엾은 중생인가

남은 시간 수레바퀴 굴리는
아귀들의 놀이터에서 사느니
신심 가득 정신과 물질 맑히는
삶을 살아야하는데

이승에서 잠시 머물다
다겁생으로 향하는 길목에서
깨침마저 아득한
업장만 두터운 무상한 불제자
거센 바람에 갈대처럼 흔들리고 있네

낙엽

스산한 가을바람 불어오면
단풍 물든 잎새들 한잎 두잎
지난 시간의 흔적처럼 떨어지고
이리 뒹굴 저리 뒹굴며
어디로 흩어져 가는가

추적 추적 가을비 내리면
벌거벗은 낙엽들
오들 오들 추위에 떨다가
어디로 사라져 가는가

낙엽은 흙이 되고 물이 되어
어느 따스한 봄날
매화나무 잎으로 돌아날까
진달래 꽃잎으로 피어날까

낙엽이 떠난 빈자리엔
잿빛 하늘만 덩그렇고
육신이 떠난 마음엔
다음생의 표상만 덩그렇다

저녁노을

저녁 예불을 마치고나서
문득 서쪽 하늘 바라보니
눈물이 왈칵 솟구치네

하루 몫을 다하고 기우는 석양이
단풍처럼 고운 색깔로
황홀하게 물들이는 세상

사람 몸 받아 잠시 머문 이승에
누구의 따스한 인연이 되어
저녁놀처럼 아름다이 물들일 수 있을까

선인장

태양도 삼킬 듯한 모래언덕
사막처럼 척박한 사구에 올라
가시덤불속에 얼굴 내민 꽃송이여

살기 위한 몸부림으로 손을 내밀다
아픔을 견디다 못해 절절히 가시로 변했나
그 고통 참다 못해 온몸에 혓바늘이 솟았나
쉬이 다가오지 못하게 송곳으로 감싸고 있네

아픔과 고통으로 지내온 삶이지만
가슴 깊이 감춰진 마지막 물 한 방울마저
새 생명의 움을 틔우고 꽃을 피우고 있구나

히말라야

히말라야

히말라야에 가면
하늘에 닿을 듯 깎아지른 높은 산 속에
신들이 내려와 예티랑 노닐 때면
구름으로 가리고 비를 뿌리네
사람들은 그 높은 산에 끝없이 도전해보지만
신은 쉽게 허락한 적이 없고
사람도 쉽사리 포기한 적이 없네

히말라야에 가면
맑은 눈망울을 가진 아이들이 있어
천사들이 내려와 애들과 노닐 때면
오색무지개가 뜨고 하늘이 열리네
아이들은 언제나 신을 노래하고 꿈꾸며
그 꿈이 이루어지기를 기도하고
천사들은 늘 아이들의 마음속에 함께 머무네

히말라야에 가면

내 마음 깊은 곳 순백의 모습으로

신의 숨결을 느끼고 천사의 속삭임을 들으며

예티의 발자취를 따라가고 싶어지네

맑은 눈으로 예쁜 모습들만 마음에 담으면서

2014년 1월 히말라야 트레킹을 다녀와서

*예티(yeti): 일반적으로 눈 사나이로 불
리는 이 동물은 발자국 크기가 코끼리
발자국만 하다는 것만 알려졌을 뿐 정
체가 아직 밝혀지지 않은 수수께끼 동
물을 말한다.

히말라야 2
− 남체바자르에서 −

네팔 동부 하늘 아래 첫 동네 남체바자르
높은 곳에 이르고자 하는 이는
낮은 마음으로 다가설 수 있게
하루를 더 쉬어가는 느림의 미학을 가르쳐주는 곳

세상에서 가장 높은 곳에 시장이 서는 남체바자르
동으로는 탬새루크, 서로는 콩데, 북으로는 캄중이 지켜주며
남으로는 히말라야 에베레스트를 찾는 모든 이들에게
활짝 길을 열어주는 쿰부 지역 교역의 중심지
하지만 어떤 문명의 교통수단도 쉽게 허락하지 않고
한 걸음 한 걸음씩 걸어가야 비로소 닿을 수 있는 곳

여느 시골 시장과 흡사하지만
물건을 팔기 위해 사람을 부르지 않고
간혹 눈이 마주치면 빙그레 미소만 전하다가
오가며 몇 번 안면이 트이면 차 한잔 우선 권하며
장사속보다 따스한 마음을 전하려 애쓰는 남체바자르

히말라야 봉우리에 오르려면 반드시 거쳐야 하는 셰르파 마을

세상의 가장 높은 곳은 누구나 자리할 수 없듯

이곳을 지키고자 하는 이들이 있고

이곳을 지켜주고픈 길손들이 있기에

꼭 한번 다시 오고 싶은 느림의 마을 남체바자르

*남체바자르: 네팔 동부에 있는 마을
에베레스트 남서쪽 약 30KM 지점, 해발고도 약 3700M 고지에 있다. 코시강(江)의
지류 드우드코시강의 원류에서 골짜기가 선상으로 나뉘는 중요한 지점에 위치하며,
남파라(5,806M) 등 고개를 넘어서 티베트로 통할 수도 있다. 에베레스트 등정의 근
거지이며 셰르파의 주거지로서 유명하다(출처: 두산백과사전).

히말라야 3
-신의 영역에 다가서며-

이순이 지나 안나푸르나 베이스캠프에 다녀오며
처음으로 히말라야를 노래했고
더 높은 에베레스트 베이스캠프에 오르고픈
간절한 기원이 비로소 이루어졌네

하늘 닿을 듯 높은 그곳엔
신의 뜻에 따르고 의지에 순응하며
경배하는 이 가까이 다가서게 하는
그대의 진정한 모습을 보여주었네

산은 높이 오를수록 더 큰 시련을 안겨주고
반딧불처럼 사라질 수 있는 존재의 조건을 일깨우며
위없이 아름답고 사랑스런 마음으로만
신의 영역에 다가서라 하네

신은 생명마다 정신과 체력을 허락하되
결코 무리해서는 안 되는 선을 그어주고

한계에 닿은 이에게 정성스런 보살핌을 주며
스스로의 힘으로 무사히 그대 품에 안기는
영광도 보여주셨네

한없이 낮고 낮은 자세로 곁에 다가서게 하며
이제까지 이승에서 이끌어온 그대 뜻에 따라
인연이 다할 때는 신의 뜻대로
흔쾌히 거두어 줄 것이라 굳게 믿고 있네

*2015년 4월, 두 번째 히말라야 트래킹을 다녀오며

히말라야 4
-칼라파트라에 올라-

에베레스트에 오르기 위한 히말라야의 마지막 롯지동네 고락쉡에서 꼭두새벽 어둠을 뚫고 너들길 돌부리에 차이고 미끄러지며 눈길을 헤치고 바람과 싸우며 서너 시간 만에 트래킹으로 오를 수 있는 정점 5550-5555M 칼라파트라에 우뚝 섰다

트래킹에서 더 오를 수 없는 이곳이 내게 던져준 화두는 '인간은 존엄하다'는 것

위대한 산악인 힐러리 경보다 동료들의 죽음 앞에 자신을 가차없이 내던진 무명의 산악인을 더욱 존경하는 이유는 그들의 숭고한 희생정신이 모든 이들의 가슴을 따스하게 데워주는 사랑의 에너지가 되어 가슴 깊은 곳에 영원히 자리잡고 있기 때문이리라

나에게 묻는다
정상을 눈앞에 두고 함께했던 동료가 절박한 상황을 맞이했다면 나는 과연 어떤 선택을 했을 것인가?

히말라야 5
- 페리체의 의사-

히말라야를 높이 올라갈수록
감내할 수 있는 체력의 한계는 어디쯤인가
4000M를 넘어서자 인내의 바닥이 보여
두려움이 밀려오네

지난해 안나푸르나 베이스캠프 4130M에
다가설 때와 육신의 상태가 비슷하구나

고도 4300M의 페리체에 닿으면
구조센터를 만날 수 있다는 희망으로
남아있는 온힘을 다해 도착한 곳
그곳에서 만난 영국인 내과 여의사와 미국인 외과의사가
생명의 은인처럼 고산병을 치료하고
친절한 조언으로 산행을 무사히 마칠 수 있었다네

같은 일정에 다른 이들과 트레킹하다
궂은 날씨탓에
페리체구조센터에 도착하기 전
유명을 달리한 한국 여성의 명복을
두손 모아 빌었네

천산을 바라보며

키르기스스탄 천산산맥 아래
만년설 녹아 흐르는 계곡 물소리 들으며
이승의 번뇌를 흘려보낸다

봉우리가 천 개라 천산인가
하늘 닿을 듯 천 길이라 천산인가
동서를 잇는 산 위에 서서
세상 번뇌 모두 옥류에 씻어내라 하는구나

굽이 굽이 돌고 돌아
저 머나먼 곳에도 길은 열려있고
흘러 흘러가도 만날 인연은
천년이 지나도 만난다는 믿음에
찾아온 손님을 하늘이 보낸 귀인이라 여기네

광명 원대한 세상의 한 자락에서
헛된 꿈꾸며 살아가느니
편히 마음을 내려놓고 한생 잘 챙겨보면
누겁생의 고운 인연들 모여질 줄 알리오

구룡산

구룡산 가도 가도
질리지 않더라

오가는 이 묵언으로 보듬는
아홉 용 잉태한 넉넉한 품

일주에 댓 번 지신 밟아주니
아홉 용들 번갈아 반겨주는데

어이하여 속세의 이무기들은
주구장창 지 잘났다
떠들어만 대는지

구룡산 홀로 가도
외롭지 않더라

임록천

어머니 품처럼 포근한 대모산 중턱 약수터
임록천에 가면 사슴을 만날 것 같다
사냥꾼을 피해 가쁜 숨 몰아쉬다
안도의 목을 축일 눈이 순한 사슴을

임록천에 가면 시인을 만날 것 같다
영혼을 노래하는 아름다운 시를
살포시 보여주는 마음 맑은 시인을

비 오는 날에는 넉넉한 감로수였고
찌는 더위에는 한 줄기 바람이었던 그대여
오늘도 나는 도반과 함께
물소리 바람소리 새소리 들으며
세속 먼지 씻으려 임록천으로 향하네

임록천 2

세상사에 지쳐 터벅터벅 걷는 퇴근길
임록천에 가면
잃어버린 나를 찾을 수 있을 것 같아
무작정 오른 가을비 내리는 산길

이내 사방은 어둠이 깔리고
자주 오르내리던 길도
어두우면 헤매기 마련인데
빗속 홀로 산길을 걷다가 만난
잔뜩 웅크리고 있는 곰 한 마리

혼란스러움이 잠시 스쳐간 후
흠칫 긴장하여 자세히 보니
아! 커다란 바위였구나
마음이 지어낸 허상이었구나

그 뒤로 눈과 마음이 밝아지더니
달빛 아래 뽀얀 아낙네 젖가슴마냥

환한 모습으로 다가온 임록천

많은 법담을 주고받던 친숙한 도반처럼
어둠과 어둠이 어깨동무하고
넌지시 길잡이가 되고 싶은 듯
대낮처럼 보이는 하산길

누군가 그리워질 때면
언제라도 찾아가면
늘 변함없는 모습으로 반겨주는 그대여

42.195

42.195KM를 왜 뛰냐고 묻지 마라

두 번 반복되는 기록은 단 한 번도 없다
똑같은 코스라도 같은 달리기는 없고
달릴 때마다 감동도 서로 다르다

한 걸음 한 걸음에 건강과 희망을 담아
오늘도 힘차게 달리고 또 달린다

그래서 우리 달리미의 오늘은 아름답다

달리기

달릴 수 있음은 얼마나 고마운 일인가
하늘과 땅, 바람과 길, 친구와 내가
하나 되어 신이 나서 달리면
따스한 봄 햇살 젖어 눈부시게 빛나는 강물은
내 가슴과 마음을 활짝 열어젖히네

머얼리 반포대교를 달리는 차들은
빨리 달리자고 앞 다투듯 손짓하고
한강 둔치 위를 무리지어 달리는 자전거 동아리는
어울려 사는 삶의 멋과 소중함을 일깨워주고
도로를 길게 늘어서 함께 뛰는 달리미들은
자신과 서로를 격려하며 완주하자고 다독이네

세월이 흐른 어느 날 달리기를 멈추게 되면
함께 뛰던 세상 모두가 멈춰지겠지
하지만 오늘은 땀 흘리며 뛰는 거야
몸과 정신이 허락하는 그날까지
힘차게 신나게 어울려 뛰는 거야

개나리와 함께 바람과 함께 그대와 함께

이 시대를 달리는 모두가 서로를 응원하며

함께 위로하고 함께 기뻐하고 함께 사랑하며

달릴 수 있음은 얼마나 아름다운 일인가

높은 곳

너무 높은 곳에 오르지 마십시오
높은 곳에 오르면
사방천지 넓게 보이겠지만
저 밑바닥은 잘 보이지 않으리

너무 높은 곳에 오르면
온 세상 다 가진 듯 기쁘겠지만
오르지 못한 이들을
얕잡아볼 수 있으리

높은 산 정상에 오르면
애써 오른 감동이야 크겠지만
머무는 시간 너무 짧고
내리막이 가파를 수 있다오

그래도 높은 곳에 올라
잠시라도 머물고 싶다면

무소의 뿔처럼
혼자서 외롭게 오르소서

높지 않는 곳이라도
여럿이 어울려 오르면
모두 함께 오래오래
머물 수 있으리

Be wary of reaching too high

번역 / 이동성 박사

Reaching high makes you see as far,

but you might not see the bottom

Reaching highest makes you feel you got everything,

but you might look down on those who not reach as high

Making it to the top of the mountain can touch your heart,

but you might have a short stay and a rough way down

Should you still want to make it to the top, and stay there

for a moment, go on your own

Reaching a mid-point can bring people be together, and

stay as long as they want

고운 인연

부처님 오신 날

그리운 님 오셨네
향기로운 꽃송이
어여쁜 풀잎으로
나투어 오셨네

오탁악세 가여운 중생
천수천안 어루만지며
마음자리 제대로 찾아가리라
온 세상 밝은 빛 되어 오셨네

고운님 오셨네
천상의 동자승
심심 돈독한 보살로
나투어 오셨네

선근 닦는 착한 중생
자유자재 어루만지며
번뇌를 고요히 잠재우라고
우주광명 법계 밝히려 오셨네

큰 보살님

세수를 여든 넘긴
해맑은 큰 보살님
지극한 정성으로
선근을 닦으시니
윤회의 바다를
복밭으로 일구네

굳건하신 믿음으로
올곧게 정진하며
오랜 세월 선업공덕
이승에서 이어가니
다음 생 열반증득
그 누구도 의심 않네

도반

부처님 법 있는 도량
함께 찾아가고
선지식 계시는 곳
함께 뵈러갔지

부처님전에서
함께 서원 세우며
향을 피웠고
때로는 밤을 하얗게 태우며
법담을 나누었지

욕계(欲界)의 짧은 인연
연꽃처럼 고귀하니
피안의 멀고 먼
여행길 떠난 뒤에도

서원 간직한

따뜻한 길동무 되어

어느 생에서 또다시 아름다운

법우인연 되어 보세

*욕계(欲界) : 감각적 욕망의 영역이란 의미

도반 2

오늘은 세 분 도반과 함께
청계산자락에 다녀왔다오

연꽃 백일홍 흐드러지게 핀
정토사 마당을 함께 거닐었고

개울물 소리 들으며
실개천을 건너고
바위에 앉아 땀을 식혔다오

막간에는 사야도의 법문집을
두런두런 함께 읽었다오

이승에서의 인연이야
항하사 모래처럼 많지만

도반과의 인연이란 귀하고 소중한 것이라
정토사에 핀 꽃보다 아름다웠다오

*사야도(Sayadǎw) : 미얀마어로 큰스님을 뜻함

자식 사랑

환갑 넘은 한 친구는 보름 전에 돌아가신 어머니를 꼭 붙들고 놓지 않고 또 한 사람은 한 달 전에 돌아가신 아버지를 아직 붙들고 슬픔에 젖어있네. 삼십여 년 전 고아가 되어 눈물도 말라가고 그리움마저 사치가 되어가는 아무도 의지할 곳 없는 사람은 어찌해야 하나요?

일찍이 곁을 떠나신 부모님은 성인이 될 때까지 돌봐주셨고 좀 더 오래 사셨으면 하는 아쉬움은 남으나 오히려 넘치지 않게 사랑과 은혜를 베풀어 주셨기에 유약하지도 자만하지도 않았고 의존하지도 서럽지도 않았기에 세상에 당당히 맞설 수 있는 지혜를 배우게 되었다오.

정신과 육체 건강까지 함께 주신 것을 큰 축복이라 여기며 한시도 고마움을 잊지 않고 살아가고 있다오. 자식사랑은 넘치는 사랑이 반드시 좋을 수만 없고 부족한 듯한 사랑이 삶을 긴장시키고 보약이 될 수 있음을 깨닫게 되었다오.

시골 할매

선운사 가는 버스에서 만난
허리 굽은 시골 할매

등짝엔 한 짐 가득
양손엔 봇짐 가득
얼굴엔 주름 가득

살아온 삶의 무게만큼
힘겨운 짐을
시골버스 오르내릴 때
조금 거들어드리니

"오메 오메 어쩔 것이여"
고맙고 미안한 마음 담은
"오메 오메 어쩐다냐"

길가에 짐을 푸는걸 보고
못 잊어 돌아보다 떠나는 등 뒤로

"재수 보소잉~"
"재수 겁나게 많이 보소잉~"
따스하게 귓전을 울린다

돌아가신 할머니의 얼굴이 어른거려
오늘 꼬옥 재수 많이 보소
중얼거리며 걷는 길에
눈 시리게 곱게 물든 단풍잎

천사
- 손녀 채원이 돌날에 -

아가야 너는 아득히 먼 옛날
달나라의 선녀였었니
채원아 너는 오랜 세월 전
별나라의 공주였었니
티 없이 해맑은 네 모습
진정 천사 같구나

할머니 할아버지는
아름답고 소중한 인연으로
이승에서 너를 만나
참으로 기쁘고 행복하구나

건강하고 착한 어린이로 자라서
항상 밝고 예쁜 모습 간직하고
슬기롭고 지혜롭게 성장하여
세상의 빛과 소금이 되어주렴

사랑하는 나의 첫 손주 채원아
합장 기원하는 마음으로
오랫동안 네 곁을 지켜주고 싶구나

채원

천사 2
– 손녀 채원이 두돌에 –

나에게는 수호천사가 있다네
언제나
근심과 걱정, 노여움과 슬픔을
내게서 멀리해준다오

나에게는 어여쁜 천사가 있다네
언제나
즐거움과 웃음, 기쁨과 사랑을
내게 안겨준다오

황혼 무렵에 찾아온
나의 고귀한 천사는
우주를 비추는 밝은 빛처럼
큰 은혜와 축복으로 다가왔다네

자매

두 돌 지난 채원이와 갓 백일 지난 주원이는
같은 점도 많고 다른 점도 많다네

엄마와 아빠가 같고 할아버지와 할머니가 같다네
천사처럼 예쁜 딸 어여쁜 손녀로 온 것도 똑같다네
같은 집에서 살고 같이 자란다네

그렇지만 태어난 날도 다르며 키도 차이가 나며
얼굴이 조금은 다르고 성격도 다르네
쓰는 방도 다르고 먹는 음식도 다르다네

하지만 채원이와 주원이는
이 세상에 하나뿐인 자매이고
나의 가장 소중하고 아름다운 인연이라네

어여쁜 당신

모두가 고운 꽃향기처럼
영혼이 예쁜 당신이기를

꽃에 영혼이 있다면
마음 안쪽 깊은 곳에서
비바람 이겨내며 품어 나온 향기가
영혼일 게다

아무리 겉모습이 아름답다한들
영혼 없는 사람은
향기 없는 꽃

비록 잘나지 못할지언정
영혼 없는 인간이 되지 말기를

모두가 고운 꽃향기처럼
영혼이 어여쁜 당신이기를

단 한번 피는 들꽃

오늘의 가슴 벅찬 이 사랑의 기쁨이
내일은 가눌 수 없는 큰 슬픔이 되어버린다 한들

눈부시게 쌓아온 지난날들의 영광이
내일은 사라져버리는 허망하고 헛된 것이 된다한들

칠흑같이 어두운 밤하늘을 수놓은 무수한 별들이
내일은 생명이 다한 유성이 되어 사라져버린다 한들

영혼이 그토록 아름답던 지나간 날들이
차디찬 얼음덩이로 변해버린다 한들

짧은 생의 가운데 수많은 꽃이 피고 또 지지만
단 한번 피었다 다시는 피지 않을
나만의 의미있는 들꽃이 되리

당신은 누구십니까

깊이 잠들어버린 영혼을 일깨우고
마음속 꺼져가는 불씨를 지피는
당신은 누구십니까

여린 가슴이 용광로가 되어
식을 줄 모르고 활활 타오르게 한
당신은 누구십니까

화난 듯 들길을 걸어야 평온을 되찾고
창가에서 멍한 눈망울을 짓게 한
당신은 누구십니까

가슴이 막혀 숨쉬기조차 어렵고
물 한 모금 마시기도 힘들게 한
당신은 누구십니까

잠을 청해도 선잠에 설치고
깨어있어도 꿈꾸듯 멍하게 한
당신은 누구십니까

흘러버린 세월에도 갈가리 찢어진 가슴
아물지 못할 상처로 남긴
당신은 누구십니까

아무런 형체도 없이 허공중에 맴돌며
영혼을 앗아갈 듯 비통에 잠기게 한
당신은 누구십니까

먼 데서 아스라이 불어오는 바람에
풍경소리 실어 아련한 마음 전하는
당신은 누구십니까

산방 친구들

고추잠자리 한 마리 산방 앞에 맴도니
금세 또 한 마리가 날아와 맴돌더니
어느새 친구가 되어 하늘 높이 솟구치네

참새 떼가 숲에서 날아와 숨바꼭질하다
한 마리가 가만가만 술래 되어 날아가니
후드득 쏜살같이 모두 따라가네

모퉁이에서 슬그머니 쳐다보는 들고양이
배고파 왔는가하고 나눠 먹으려하니
재빠르게 어둠 속으로 몸을 숨기네

조용히 경행하며 산방 근처를 거니는데
나뭇가지 위에 쉬고 있는 멧비둘기가족
놀란 듯 푸드득 푸드득 날아가네

어둠 속 불빛을 쫓아 창문 틈으로 들어온 나방을
손님이라 여기고 조용히 바라보고 있으니
달빛과 풀벌레 소리도 함께 들어와
돌아갈 생각 까마득 잊고
그들 모두가 산방친구 되려하는가

노교수님

가을 햇살 따사로운 휴일
은퇴한 노교수님 따라
봉사의 마음 흠뻑 베여있는
보육원으로 향했네

예쁘게 물든 단풍잎처럼
곱게 익어가는 서리 내린 머릿결
친손주처럼 아이들과 함께 웃는 모습에
눈시울이 뜨거워지는 감동이 밀려오네

여름 햇살처럼 치열했던 삶을 내려놓고
이제는 여유로움과 사랑으로
황혼을 곱게 물들이는
한 폭 아름다운 풍경화를 보네

사람과 자연의 어울림 속에서
사람이 사람을 사랑하고
자연이 사람을 보듬으며

사람이 자연을 사랑하는
고귀한 향기가 절로 풍기네

고운 마음으로 씨알을 키우는
누가 지는 꽃을 감히 추하다 하는가
비바람 이겨낸 붉게 물든 잎새를
우러러보지 않으랴
노교수님의 아름다운 길을
오래이 함께 걷고 싶어라

돈벌이

사업으로 돈을 잃으면
그 돈과 인연이 없으니
인연 있는 누군가 잘 쓰겠지

사업으로 큰돈을 잃으면
복을 담을 그릇이 작으니
넘쳐서 남에게로 흘러간 것이겠지

이렇듯 세상이치가
큰 부자는 하늘이 내리고
작은 부자는 자신의 노력으로 이룬다고 하지 않는가

참된 부자는 마음을 내려놓고
돈을 따르지 아니하니
더 많이 채울 빈자리가 생기는 것이 아닌가

돈벌이 보다는 마음공부가 먼저이고
채움보다는 비움을 먼저 깨쳐야 하는데
어찌 채우려는 마음만 가득한가

천년고찰 흥국사

기나긴 천년도 영겁의 세월 속에서
찰라가 되어버렸으니
우리네 삶이란 잠시 쉬었다 가는 것
선지식이 쌓은 무량한 지혜보따리를
중생심이 어찌 미진수조차 헤아릴 수 있으리

멈춰진 시간 속에 흐르는 깊은 고요
텅 빈 마음속에 그득 채워진 법향은
무명을 밝히는 등불처럼 반짝이며
닐바나를 향한 마음자리가 되어주려나

다시 천년의 세월을 뛰어넘어도
불법은 이 자리에서 여여히 머물며
어리석은 중생 굽어 보살피사
세세생생 보찰 인연을 이어가리니

*닐바나 : 산스크리트어로 열반(涅槃)

수행

미얀마 가는 길

오고 가는 게 큰일은 아니지만
오랜만에 짬을 내어
다시 미얀마로 향하네

마음은 깃털마냥 가벼운데
신(身). 구(口). 의(意)로 지은 삼업 덩어리는
천근만근 무겁네

서울은 흔하디 흔한데
불국토에는 참으로 부족한 것들
각박한 풍요로움이여

우리에게는 아주 귀하지만
그들에게는 넘쳐나는 흔한 것들
붓다의 가르침과
평온한 마음 행복한 미소여

동남아 불교국가들이 한결같이
물질적으로 가난하냐고 묻거든
내면세계도 가난하냐고 되묻고 싶었네

탐. 진. 치로 풀썩이는 풍진들 다 내려놓고
삐티 수카가 넘쳐나는 담마를 보듬고 돌아와
무엇을 전해주고
무엇을 배웠는지 고민하면

열반을 기원하는 마음들이
함께 행복한 나라를 만드는데
밑거름이 될 수 있으려나

*삐띠(piti) : 빨리어로 환희, 기쁨을 뜻함
*수카(sukha) : 빨리어로 행복을 뜻함

님

다가서면 멀어지는 님이시여
품에 안기면 떨치시는 님이시여

님을 향한 합장 기원
눈물이 묻어나고
님에 대한 경배
가슴이 시려오니
무명의 회한인가요
참회의 슬픔인가요

알듯 모를 듯 님의 미소
처처에 나투시는 님을 그리며
끝없는 법열만 한없이 이네

다가서면 멀어지는 내 안의 님이시여
안기면 떨치시는 그리운 님이시여

달과 별

저 달은 내 무명 밝히라 비추이고
저 별은 내 지혜 깨치라고 반짝이는데
어느 생에 무명 벗기어 자등이 되고
어느 겁에 지혜 증득해 법등이 될까

수행

깊은 숲 속 솔바람 향기로이 불어오면
육신은 그곳에 머물고

저녁 예불 종소리 청아하게 들려오면
마음은 거기에 머무네

바람과 소리는 찰나에 멸하여
끝없는 영겁으로 향하고 있구나

수행 2

섬진강 굽이굽이 백리 길 맑은 물에
이승의 헛된 마음 잠시 흘려보내고

지리산 자락에 기우는 해를 보며
살아 숨 쉼에 고마움도 느끼고

무거운 중생 번뇌 오롯이 내려놓고
묵언정진하며 지새다 오라하네

수행 3

산사의 깊은 밤
적막이 밀려드네

어둠 속 헤매이는
무명에 덮인 마음

고요히 좌정하여
선정으로 밝히리

수행 4

태양은 어둠을 떨치고
용솟음쳐 오르고

지리산은 남해로
힘차게 뻗어나가네

계곡물은 섬진강으로
한숨에 내달리고

서편 보름달은
님이 되어 미소 짓네

화

세상사 일어나고 사라지는
번뇌 안고 살아가네
그 번뇌에 불을 붙이니 화가 되고
기름을 부으니 활활 타오르네

화는 쑥쑥 자라 나를 잡아먹고
가족과 온 세상을 덮치려고 하네
화는 제 할 일 잘하는데
왜 내 것인 듯 껴안고 사는지

마음을 가만히 지켜만 보아도
화는 살며시 사라지네
오라 하지 않았는데 오고
가라 하지 않았는데
온데간데없이 제풀에 없어지네

때로는 어여쁜 손녀만 보아도
해맑은 스님을 만나도
산길을 홀로 걷기만 하여도
마파람에 게눈 감추듯
화가 슬그머니 달아나네

경계

육신은 길을 따라
만리를 달려가고

마음은 업보 따라
이승 저승 넘나드니

삶과 죽음 사이엔
경계가 따로 없구나

업(業)

한세상 조용히 다녀가면 될낀데
지지고 볶고 난리 법석치는 세상

즐길 것 즐겨보아도
마음이 허전하고
내 살아가는 꼬락서니
하도 한심하기도 하여

성철 스님이 될 것도 아니고
법정 스님이 될 것도 아니지만
나름대로 수행하는 게
맘이 좀 더 편해지는데

먹고 사는 이 핑계 저 핑계로
수행할 짬내기가 힘이 드니
애고 무슨 전생의 업이
이리도 질기고 두껍소

마음

한번 일어나면
바람처럼 금세 사라지고
한 찰나에 하나밖에 없는
마음이란 참 묘한 것

어제와 오늘, 내일의 마음이
매 순간 모두 다른 것

그래도 변치 않는 굳건한 마음 있어
지조라 하고
시도 때도 없이 흔들리는 것을
변덕이라 하네

마음을 조용히 지켜보면
수행이 되고
마음의 성품을 알게 되면
견성이라 하네

내 마음 어느 생에 깨우침 얻어
한량없는 무량심으로 회향할 수 있으랴

나이

어느 해와 다를 바 없이
울려 퍼지는 제야의 종소리
생각 없이 멍하니 듣고 있다가
해는 바뀌었는데 변한 것이 없고
느낌이나 감흥조차 없는데
뚝딱 나이가 한살 늘어났네

늘어나는 나이의 숫자가
내게 안겨주는 의미는 무엇인가

지금 이 순간
몸과 마음이 하는 일이 무엇인지
알아차릴 수 있다면
세월이 강물처럼 흐르든 말든
세수가 늘어나든 줄어들든
그게 나와 무슨 상관이랴

제야의 종소리를 듣는
모든 선량한 중생들에게는
마음의 나이를 하나씩 빼는
기쁜 날이 되었으면

법(法)과 업(業)

동지섣달이 지난 맹추위에
햇살 듬뿍 받고 앉은 양지바른 이곳
극락이 부럽지 않네

멀리 펼쳐진 구룡산 자락 청계산 연봉이
한 폭의 그림같이 다가와
마음을 포근히 감싸주는데

삼계의 밑바닥에 갇힌 중생이
어찌 관념 속에서 헤어나지 못하고
번뇌의 굴레에 매여 꼼짝도 못하는가

중생의 삶에서 일어나는
모든 것들은 수행의 대상이요
알아야할 소중한 법 아닌 것이 없는데

담마(法)로 사느냐 깜마(業)로 사느냐는

자신의 깜냥 만큼이니

도대체 이 일을 어이할꼬

*담마(Phamma) : 빨리어로 **법**이라는 뜻
*깜마(khamma) : 빨리어로 **업**이라는 뜻

외로움

외롭다
뼛속 깊이 외롭다

아무도 몰라주는
나만의 절절한 외로움

젊은 날 어머이마저 여의고
서럽고 외로워 울었다

42KM를 달릴 때면
심신의 한계에 참말로 외롭고

신의 영역에 다가설 때엔
지치고 두려워 끝없이 외로웠다

여러 외로움을 겪으며
조금씩 단단하게 성숙해지는 자아

당신도 외롭겠지만
이젠 외로움과 친구 되어
남은 삶을 살아가리라

허물

허물없는 사람이 어디 있겠냐마는
남의 허물을 보게 되면
그 허물에 빠져들지 말고
반응하는 내 마음을 챙겨보자

허물에 빠져버리면
번뇌에 마음을 빼앗기고
지혜마저 사라져 버리니
어찌 어리석지 않으리오

허물로 인하여
자기성찰의 기회로 삼아
지혜를 개발하고 증득하면
신비스런 경계에 닿을 수 있으니
어찌 수행의 끈을 놓을 수 있으리오

이승과 저승

이승길 원해서 왔던가
저승길 원해서 가는가

이승은 업식이 원인이고
저승은 업식의 결과일터

이승은 육신의 삶
저승은 영혼의 삶

이승은 짧디 짧은 생
저승은 기나긴 생

가본 게 이승의 길
저승은 못가본 길

이승은 구름 한 점 일어남이요
저승은 구름 한 점 흩어짐이네

이승은 오는 길
저승은 가는 길

이승은 아쉬움이 남는 삶
저승은 아쉬울 게 없는 삶

이승은 생시
저승은 꿈

이승은 상
저승은 비상

이승은 욕망으로 채워진 삶
저승은 영혼이 가득한 삶

이승에서 예쁜 맘으로 살아야
저승길이 편안해지겠지

서둘러 달려온 이승길
쉬엄쉬엄 가야할 저승길